Simon fête le printemps

Gilles Tibo

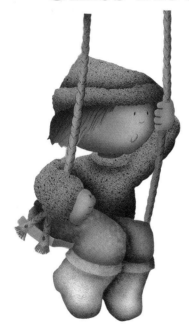

Livres Toundra

Je m'appelle Simon et j'aime le printemps.

Quand la neige commence à fondre,
Je sors fêter le printemps avec mon tambour.
PA-RA-PA-TA-TAM!

Je vais voir s'il y a des fleurs au jardin.

J'attache des ballons aux tiges pour les aider à pousser.

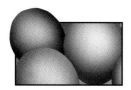

Mais la pluie les emporte.

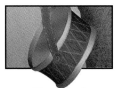

Je grimpe dans l'arbre et demande au Hibou :
– Comment faire venir le printemps ?

– Il faut attendre, Simon, répond le Hibou.
Au retour des oiseaux, les arbres auront des feuilles
et les fleurs s'ouvriront.

Je monte sur une colline pour accueillir les oiseaux.
Je construis des nids. Marlène apporte des maisonnettes.
Avec ma flûte, j'appelle les oiseaux.

Mais les oiseaux passent sans nous voir.

Je grimpe sur le rocher et demande au Lapin :
– Comment réveiller les ours endormis ?
   Je veux leur dire que le printemps s'en vient.

– Il faut attendre, Simon, dit le Lapin.
   Quand la sève des érables montera, les ours se
   réveilleront.

Je descends au bois chercher de la sève pour les ours.

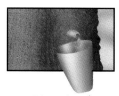

Mais les arbres ont les pieds dans l'eau,
et je ne peux pas approcher.

Je m'assois seul pour penser :

Je ne peux pas faire pousser les fleurs.
Je ne peux pas appeler les oiseaux.
Je ne peux pas réveiller les ours.

Je ne peux pas faire venir le printemps.

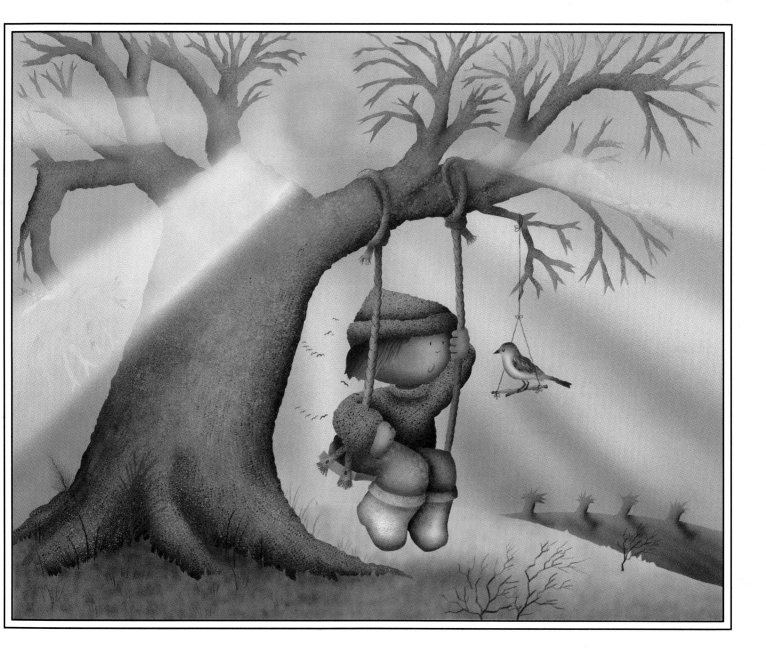

Mais quand il arrivera tout seul,
je pourrai le fêter
avec tous mes amis.
PA-RA-PA-TA-TAM!

Pour Antoine

© 1990, Gilles Tibo

Publié au Canada par Livres Toundra, 481 avenue University, Toronto, Ontario M5G 2E9
Publié aux États-Unis par Tundra Books of Northern New York, Boîte Postale 1030, Plattsburgh, New York, 12901

Fiche du Library of Congress (Washington) : 90-70132

Données de catalogage avant publication de la Bibliothèque nationale du Canada
Tibo, Gilles, 1951–
    Simon fête le printemps

ISBN 0-88776-279-4

I. Titre.

PS8589.I26S544 1998   JC843'.54   C98-930710-7
PZ23.T43Si 1998

Publié aussi en anglais sous le titre: *Simon welcomes spring*, ISBN 0-88776-278-6, et en espagnol sous le titre: *Simón celebra la primavera*, ISBN 0-88776-297-2.

Nous remercions le Conseil des Arts du Canada de l'aide accordée à notre programme de publication.
Nous reconnaissons l'aide financière du gouvernement du Canada par l'entremise du Programme d'Aide au Développement de l'Industrie de l'Édition pour nos activités d'édition.

Imprimé à Hong Kong
4 5 6 7 8   05 04 03 02 01